DE LA CONSTRUCTION

D'UN NOUVEAU THÉATRE

Dans la nuit du 5 au 6 décembre, notre Théâtre devenait la proie des flammes.

Il ne reste plus aujourd'hui que des murs calcinés.

En présence de ce désastre si inattendu, la première pensée a été pour ceux-là qui en étaient le plus directement atteints, parce qu'ils vivaient exclusivement de l'industrie qui se trouvait arrêtée et supprimée dans son exploitation.

Mais si la pitié est prompte et soudaine, elle n'est pas persistante, surtout quand les intérêts personnels, qui s'étaient oubliés un moment en présence d'un malheur public, se retrouvent d'autant plus pressants qu'ils n'avaient pas compris tout d'abord qu'ils étaient les plus sérieusement menacés ou compromis par le désastre.

Aussi, depuis quelques jours, d'autres préoccupations se sont emparées de l'opinion publique et se sont traduites par des causeries échangées dans les groupes et par des discussions dans les cercles, les cafés, et des articles publiés dans les journaux de la localité.

Samedi soir, au moment où l'on tirait la *Revue* — dont le premier article, on le comprend aisément, n'était que l'écho des préoccupations qui ne faisaient encore que circuler dans l'air, — le journal de *Maine-et-Loire*, feuille grave comme on le sait, très circonspecte, précisément parce que d'ordinaire elle est la mieux et la première informée, paraissait avec un premier-Angers habilement écrit, très conciliant dans la forme, mais dont la conclusion avait peut-être le tort de rappeler le mot devenu proverbe, d'un joyeux vaudeville de

Scribe, récemment joué sur le Théâtre qu'il s'agit de remplacer aujourd'hui.

La petite place servant de marché et située à droite du jardin du Mail, y était indiquée comme la meilleure situation, non-seulement au point de vue monumental, mais comme présentant des avantages sans pareils sous le rapport de l'économie et de la facilité d'éxécution.

La ville n'aurait rien ou presque rien à débourser, et l'on ne demandait qu'une année pour inaugurer le nouveau et splendide monument.

A première lecture c'était séduisant, et pourtant l'opinion publique s'en est plus qu'émue, elle s'est inquiétée.

Cet article portait une signature qu'on avait été exceptionnellement déranger de la modeste place qu'elle occupe d'ordinaire à la dernière page du journal, pour la mettre au bas d'un interligné de la première, au lieu et place du rédacteur en chef, qui n'a pas l'habitude de céder dans les circonstances graves la plume à son modeste gérant.

Il n'en fallait pas tant pour changer les préoccupations en inquiétudes.

Les uns cherchaient à lire derrière la signature des noms plus autorisés et voulaient voir, dans cet article, un ballon d'essai se rattachant à des combinaisons contingentes.

D'autres, les intéressés, et ils sont nombreux, y ont vu autre chose, et ils se sont alarmés.

Dans son dernier numéro la *Revue* avait fait un appel à toutes les bonnes volontés en peine d'une occasion pour se produire avec une bonne idée.

Elle avait ouvert à tous la publicité de ses colonnes. Elle croyait, sans fausse modestie, avoir conquis, par dix-huit mois de critique sérieuse et indépendante, le droit de prendre la parole dans une question qui se rattachait si intimement aux intérêts de l'art qu'elle avait la conscience d'avoir défendus avec impartialité et désintéressement.

La *Revue* ne s'était pas trompée : les lettres, les articles sont tombés drus comme grêle dans la boîte du journal.

Mais la *Revue* est un humble journal, purement littéraire.

L'air et le soleil lui sont sobrement mesurés dans la discussion. Elle n'y est pas toujours à l'aise, malgré la conscience qu'elle a de ses bonnes intentions ; ici le terrain devenait brûlant.

Sans le vouloir, sans le savoir, elle eut pu froisser quelques susceptibilités, heurter quelques intérêts puissants, et le fil qui la rattache à la vie est si léger, si facile à briser !

Qui donc pourrait nous blâmer d'avoir écouté la voix de la prudence, nous conseillant de ne pas nous aventurer sur un terrain qu'un mot pouvait changer en fondrière ?

Nous n'en tiendrons pas moins nos promesses vis-à-vis de nos correspondants. Et comme nous ne voulions pas garder le silence dans cet important débat, nous nous sommes décidés à condenser dans les quelques pages d'une brochure les observations et les critiques qui nous ont été adressées.

Nos correspondants n'y perdront rien et la *Revue* ne s'en trouvera pas plus mal.

Nous avons dit que nous condenserions ; les lettres, en effet, au texte près, ne font que répéter les mêmes considérations ; en analyser quelques-unes, c'est les résumer toutes.

*
* *

Le Conseil municipal s'est réuni par convocation spéciale, lundi soir.

Une Commission de neuf Membres a été déléguée à l'examen de la question.

Plusieurs projets ont été mis en avant et nécessairement renvoyés à la Commission, qui, nous en sommes certain, et sans rien précipiter, recueillera et accueillera tous les renseignements, tous les projets sérieux, toutes les idées qui paraîtront dignes d'examen.

Les choses sont donc entières, et l'on peut dire que l'enquête est ouverte.

Chacun de nous s'y présentera sans parti pris, animé du seul désir de concilier l'intérêt général avec l'intérêt privé :

L'intérêt général s'appuyant sur l'opinion publique, interrogeant ses habitudes, ses convenances, la plus grande utilité pour tous ; l'autre, invoquant des prétentions privées qni se recommandent souvent par les sacrifices qu'elles ont faits pour s'assurer une position brusquement compromise par un malheur imprévu.

I

Dans toutes les catastrophes, comme lorsqu'il s'agit d'expropriation pour cause d'utilité publique, les intérêts privés qui en sont atteints, ont incontestablement le droit de se plaindre et d'être écoutés, mais autant toutefois que l'intérêt général n'en souffrira pas.

Le progrès ne s'achète souvent qu'au prix de sacrifices demandés ou imposés au nom de l'intérêt général, tantôt à l'un, tantôt à l'autre des membres de la société résumant les intérêts privés.

Mais lorsqu'il s'agit de déplacer un centre d'activité commerciale, on comprend que les intérêts privés prennent souvent, par leur rayon, tant d'importance que les considérations qu'ils peuvent faire valoir acquièrent parfois l'autorité de l'intérêts général.

La place du Ralliement doit son nom à sa position exceptionnelle au centre de la ville; aussi dans les améliorations proposées ou arrêtées par l'Administration, tous les plans y font converger leurs débouchés : la nouvelle rue *Milton*, le prolongement de la rue de *la Roë*, la percée qui doit relier cette place au boulevard, la trouée projetée pour la continuation de la rue des Lices et de la rue Flore, la rectification de la rue Chaperonnière, les travaux de nivellement que tous ces projets nécessitent, les redressements projetés, c'est-à-dire des sacrifices à compter par millions, tout cela ne démontre-t-il pas éloquemment que l'Administration avait compris que là où était la vie, il fallait faciliter la vie dans ses manifestations.

La circulation dans une grande ville a besoin d'un centre ; la circulation peut être comparée au mouvement du sang dans les artères et dans les veines, rapportant des extrémités pour renvoyer aux extrémités, et ce n'est pas sans raison qu'on emploie dans le langage usuel ces mots de *cœur* et d'*artères* pour désigner le centre d'une ville ou ses principales voies de communications animées par la vie commerciale.

Ce ne sont pas les administrations qui créent les centres des grandes villes, ce sont les besoins qui naturellement y convergent et s'y rallient parce qu'ils y trouveront une plus facile satisfaction.

Les intérêts privés y trouvant des débouchés pour leur industrie, s'y établissent ; les habitudes se prennent ; l'intérêt général s'y groupe en quelque sorte, et ce n'est jamais sans déchirement qu'il est porté atteinte à une pareille situation acquise.

Nous ne parlons pas seulement au nom des nombreux intérêts privés qui élèvent la voix pour le maintien en principe de la salle de spectacle sur la place du Ralliement — sauf à étudier la position quelle devra y prendre; — quand il s'agit d'utilité publique, encore une fois, quelque respectables que soient ces intérêts, il n'y a lieu de s'y arrêter que s'ils ne se trouvent soutenus comme dans la circonstance par des intérêts d'un autre ordre : les habitudes, les convenances, les besoins d'une grande partie, sinon de la majeure partie de la population d'une ville importante comme Angers.

Croit-on donc qu'il soit indifférent aux habitants de la Doutre et des Quais, qui tous n'ont pas une voiture à leur disposition, de faire un kilomètre, quasi de plus, souvent par la pluie, par la neige parfois, presque toujours par un temps rigoureux d'hiver, pour aller au théâtre et en revenir au milieu de la nuit ?

Parlerons-nous de cette population flottante qui fait vivre tous ces hôtels situés dans la Doutre et sur les Quais, et dont le théâtre est la seule distraction ?

Ne serait-ce pas, si le théâtre était transporté au delà des boulevards, et cela sans motifs impérieux, porter une grave atteinte, sinon de suite, du moins dans un avenir prochain, à des intérêts recommandables, en donnant mieux qu'un prétexte à la clientèle de ces nombreux hôtels pour se déplacer ?

On a dit, nous le savons, que cette considération n'en était pas une : qu'il importait peu de faire quelques pas de plus pour aller chercher une distraction ou un plaisir....

Nous voudrions bien savoir si ceux-là traiteraient aussi lestement les ennuis et les fatigues d'un plus long parcours s'il s'agissait du déplacement d'un autre édifice d'une utilité générale et d'un usage journalier ?

Nous ne voulons pas faire de rapprochement. Nous tenons seulement à dire que lorsqu'il s'agit de construire un édifice public destiné à provoquer l'affluence, il faut interroger les plus grandes convenances de tous et la plus grande facilité de satisfaction des besoins auxquels on a entendu répondre.

N'est-ce pas assez dire que les convenances indiquent une position centrale ?

On aura beau dire. L'art prend de plus en plus une large place dans la vie des populations; il est devenu un besoin.

Toute satisfaction des sens intelligents accuse un progrès dans la civilisation, et peut être élevée à l'importance d'un besoin.

Or, le théâtre est encore le meilleur moyen de satisfaire à ce besoin en popularisant l'art sous la forme la plus attrayante et la plus saisissante : la musique et la comédie.

Les Administrations et les populations ne s'y trompent pas.

Les théâtres de Lyon, Bordeaux, Nantes, Rennes, etc , etc. sont tous établis sur des places centrales.

Une exception est à citer près de nous : la ville du Mans qui a relégué sa salle sur la place des Jacobins.

La Commission peut prendre des renseignements auprès de l'Administration du Mans dont la bonne foi ne taira pas les regrets du malheureux choix qui a été fait.

En analysant les considérations qui militent en faveur de la place du Ralliement, nous en avons négligé d'assez importantes que nous retrouverons sous notre plume lorsque nous examinerons le projet qui consiste à reporter la salle sur la place du marché du champ de Mars.

II

Emplacement du champ de Mars

Les raisons invoquées au soutien de ce projet peuvent se réduire à deux :

Economie et facilité de prompte exécution. En d'autres termes pas d'expropriation, pas de temps d'arrêt : terrain disponible et ne coutant rien.

Ces raisons, nous l'avons déjà dit, séduisent au premier abord.

L'économie quand elle est intelligente est toujours une excellente chose, même pour les caisses municipales.

Mais en administration l'économie prend souvent un autre nom, lorsqu'on lui sacrifie des besoins légitimes et qu'on s'arrête aux chiffres du budget courant, sans calculer avec l'avenir.

L'existence d'une ville, comme son budget, ne sauraient être comparés à la vie et la fortune d'un individu.

Ils ne peuvent se régler sur la même mesure.

Tout ce que l'on fait au nom d'une ville doit porter le cachet de l'utilité générale non pas seulement considérée au point de vue du présent, mais de l'avenir.

C'est pour cela que toutes les villes d'une certaine importance ont été invitées à arrêter un plan général d'alignement conçu en prévision des améliorations utiles ou nécessaires, mais que l'état du budget ne permet pas de réaliser immédiatement.

C'est ainsi que la ville d'Angers a fait rédiger par son architecte, M. Aïvas, un plan d'ensemble qui, lors de notre exposition, a valu à son auteur les félicitations les plus méritées; et c'est d'après ce plan que nous avons indiqué les divers changements que doit subir la place du Ralliement, qui, dans la pensée de notre voyer, et par la position qu'elle occupe, était appelée à devenir le centre de la vie commerciale et un des ornements de la ville d'Angers.

Cette place, aujourd'hui irrégulière, voit sur ce plan disparaître ses angles capricieux.

L'hôtel de Pincé, cette merveille de pierre, cadeau presque royal fait à la ville par un de ses plus dignes et plus illustres enfants, M. Bodinier, y apparaît dégagé du pâté de maisons qui l'étouffent.

L'ouverture de la rue Milton est arrêtée; les travaux vont s'exécuter.

La construction d'un théâtre est à l'ordre du jour.

L'occasion unique qui ne se produira plus d'ici des siècles, se présente, de réaliser, sans de trop grands sacrifices, presque complètement et du même coup, les plans auxquels tous les gens intelligents ont applaudi, mais que beaucoup considéraient comme un rêve tant ils étaient de difficile exécution. Et voilà que non seulement on propose de ne pas profiter de cette occasion, mais qu'on condamne à rester à l'état de lettre-morte les plans auxquels on applaudissait il y a dix-huit mois!

En effet, comme nous l'avons dit, le prolongement de la rue Milton va s'effectuer prochainement.

Il ne s'effectuera qu'au moyen d'une trouée qui sera faite au milieu du pâté qui fait saillie sur la place du Ralliement.

L'hôtel de Pincé se trouvera dégagé il est vrai, mais dans une certaine mesure — seulement la largeur de la rue nouvelle. — Mais pour masquer l'éventrement, qu'on nous passe le mot, de l'expropriation, on élèvera des constructions importantes sur la ligne Est de la rue, c'est-à-dire du côté du pâté qui était dans un avenir plus ou moins prochain, condamné à disparaître.

Laissera-t-on reconstruire pour exproprier plus tard ?

Où s'arrêterait la limite de l'interdiction, interdiction d'ailleurs qui entraînerait la nécessité d'une expropriation complète ?

On parle d'économie, en est-ce une que de grever l'avenir de l'impossibilité d'une amélioration qui sera tôt ou tard reconnue nécessaire?

L'économie en administration n'est souvent qu'un mirage.

En construisant sur le terrain désigné au-delà des boulevards, on n'aura pas de frais d'expropriation, soit :

Mais a-t-on calculé toutes les dépenses des travaux imprévus, notamment le creusement, en plein rocher, pour les dessous d'un théâtre machiné ?

Ce n'est qu'un détail secondaire, soit encore, et nous n'insistons pas. Il en est un autre qui a pourtant son importance.

Si l'on veut alléger les charges de la construction, il faut songer à la possibilité et à la facilité d'utiliser une partie de l'édifice qui, comme dans tous les théâtres de province et même dans les nouveaux théâtres de Paris, est livrée en location au commerce et à des industries spéciales, annexes nécessaires d'un théâtre.

Ce n'est pas là, qu'on le croie bien, une ressource à dédaigner

On peut, quand la position est bonne, c'est-à-dire centrale, retrouver ainsi une grande partie de l'intérêt du capital engagé.

Cette ressource, si la salle est construite au Mail, se circonscrira aux industries spéciales.

Un café y pourrait faire des affaires, et c'est à-peu-près la seule exploitation qui y serait profitable, et encore !...

Nous n'avons pas parlé jusqu'ici de la grande famille des artistes, riches seigneurs aux feux de la rampe, pauvres diables besogneux, pour la plupart, sitôt que le gaz est éteint.

Le service des répétitions les appelle deux ou trois fois par jour au théâtre, et pour eux la proximité du théâtre doit être prise en sérieuse considération.

Où iront-ils loger leurs pénates au milieu de ces aristocratiques hôtels qui, de toutes parts, avoisineront le nouveau théâtre?

Mais, laissant de côté la question d'économie et les considérations secondaires que nous venons d'indiquer, et nous plaçant au point de vue de l'art monumental, nous dirons : la position est-elle bien choisie ?

Croit-on qu'une salle de spectacle à laquelle il faudra bien, là où on voudrait l'établir, donner l'aspect d'un monument ferait bonne figure ayant la largeur des boulevards seulement pour perspective ?

Mais, dit-on, on donnerait pour perspective à la façade, le jardin du Mail...

Étrange idée que nous livrons aux hommes de l'art, que de contraindre un monument à tourner le flanc au mouvement de la circulation ordinaire, et d'obliger les rares promeneurs d'hiver de notre jardin public, à faire une demie conversion sur eux-mêmes pour en admirer la façade !

Quoiqu'on puisse faire, et dût-on, à grands frais, multiplier les colonnades, ce ne serait jamais qu'un monument borgne.

Que nous parle-t-on de l'économie du terrain si l'on est entraîné par des nécessités de position à doubler les frais de construction ?

En nous résumant sur ces deux points principaux, nous dirons :

Le théâtre est impossible sur le terrain indiqué près du Mail.

Il doit être maintenu, en principe, sur la place du Ralliement.

III

Dans quel endroit de la place du Ralliement le Théâtre peut-il être établi ?

La salle de spectacle ne pouvant être établie que sur la place du Ralliement, il reste à rechercher quelle serait la position la plus favorable.

Nous nous trouvons ici en présence de quatre plans au moins et nous allons les discuter rapidement.

§ I. — Le premier est celui de M. Aïvas, architecte-voyer; il a été exposé par l'auteur, et reproduit par un autre architecte, M. Launay-Piau.

Ce sont deux hommes compétents, sans doute, mais sans contester leur compétence on peut se permettre de discuter, non les lignes et les profils qu'ils ont tracés, mais la pensée qui a conduit la main.

Nous n'en sommes pas encore à l'exécution, mais à la conception et en pareille circonstance le compas et la règle ne sont pas de première nécessité.

Le bon sens ouvre un avis; l'homme de l'art en fait son profit ou le discute, avec l'autorité que lui donne sa compétence; mais nous n'admettons pas que l'homme de l'art interdise la discussion ou la critique au bon sens sous prétexte d'incompétence.

L'architecte se croit bien autorisé à discuter la valeur d'un article littéraire, bien que souvent il n'ait mis la plume à la main que pour rédiger un devis, et il est dans son droit.

Le bon sens et l'intelligence ne sont pas des spécialités; ils les dominent, et on ne leur a jamais demandé d'autre diplôme pour juger les spécialités que celui qui s'autorise de la raison.

Le plan de MM. Aïvas et Launay-Piau consiste à supprimer le pâté de maisons qui est resserré entre les deux rues des *Deux-Haies* et la rue des *Forges* qui deviendra un prolongement de la rue de la *Roë*.

Nous ne parlerons pas des dépenses qu'entraînerait l'exécution de ce projet, car nous nous souvenons que la *Revue* dans son numéro du 20 août dernier en a appuyé un autre qui, lui aussi, taille en plein drap et procède par de larges suppressions.

Il nous suffira de signaler un double inconvénient qui rend ce projet impossible. Le premier, et il est radical pour un édifice qui vise au monument, c'est que le théâtre se trouverait écrasé par la perspective qu'on invoque précisément comme considération; le sol sur lequel il serait établi est à plus de 10 mètres en contre-bas du niveau des boulevards.

Nous demandons aux auteurs du projet où s'arrêterait le rayon visuel, partant des boulevards et cherchant le théâtre en suivant l'angle droit?

Le second inconvénient serait de laisser subsister le pâté de maisons qui, pour l'administration, doit être le *Delenda Carthago*, et, par suite, de priver la ville d'un de ses plus beaux et de ses plus curieux monuments, l'hôtel de *Pincé* qui continuerait de rester ignoré et oublié, faute d'air et de soleil.

§ II. — Il est un autre projet mis en avant, il y a quelques mois, par la *Revue*; il n'était pas lui aussi sans inconvénient, mais il présentait au moins d'incontestables avantages.

Il consistait dans la complète suppression du fameux pâté de maisons, qui déshonore la place et est condamné par tout le monde.

Voici comment ce plan est exposé dans la *Revue* du 20 août 1865 :

« Le sol de la place du Ralliement doit, paraît-il, être, par suite de l'ouverture de la rue Milton et le raccord de la rue de la Roë, sensiblement abaissé et de façon à faire disparaître la chaussée dite Saint-Pierre.

» Le théâtre se trouvera donc déchaussé quant à ses abords , et le projet de la place devant déjà on faire disparaître le péristyle , il devient impossible de songer à maintenir la salle sur l'emplacement actuel.

» On sait que la place du Ralliement doit subir de grandes modifications

» A l'Est, on ouvre une large rue qui débouchera sur nos boulevards ; au nord, on fait une trouée pour aller retrouver la rue Milton.

» Ces travaux doivent recevoir une exécution prochaine et emporteront d'importantes expropriations.

» Une partie du pâté de maisons comprises entre la rue Cordelle et la rue haute du Figuier doit disparaître.

» Pourquoi ne profiterait-on pas de cette occasion pour faire disparaître le pâté tout entier, jusqu'à l'hôtel des Postes afin d'asseoir la nouvelle salle de spectacle sur le terrain déblayé et restant libre, compris entre la nouvelle rue et l'hôtel des Postes ?

» Le théâtre serait-il donc si mal placé à côté de ce chef-d'œuvre de pierre de la Renaissance, qu'un de nos concitoyens a offert à la ville dont il est une des gloires et dont il a voulu être un des bienfaiteurs, l'hôtel de Pincé qui doit devenir un de nos monuments publics ?

» La salle de spectacle se trouverait assise entre trois rues et une place, c'est-à-dire dégagée de tous côtés : à l'ouest, la rue neuve Milton, au nord, la rue de l'Hôpital, à l'Est, la rue Cordelle, qui serait rejetée jusqu'à l'hôtel des Postes; au sud, la place du Ralliement.

» Qu'on ne dise pas que l'emplacement serait insuffisant.

» Il mesurerait cinquante-cinq mètres de largeur de la rue Milton à l'hôtel des Postes, dans une profondeur presqu'arbitraire.

» Bien plus, ayant pour ceinture des voies publiques au centre de la ville, dans un quartier éminemment industriel, trois des façades de la salle pourraient être utilisées pour magasins avec entresols d'un excellent produit, tout en conservant à la construction son caractère d'édifice public.

» L'on comprend de suite , l'avantage de cette situation exceptionnelle...... »

On peut reprocher à ce projet l'inconvénient de la situation à l'angle de la place, inconvénient qui n'était qu'insuffisamment racheté par le voisinage du bel hôtel de Pincé qui se trouverait dégagé, et par l'agrandissement et la plus grande régularité de la place du Ralliement.

C'était pourtant quelque chose que de dégager du même coup l'hôtel de Pincé et la place, et de faire profiter la construction du nouveau théâtre de l'expropriation de la rue Milton.

§ III. — Un autre projet enfin s'est produit au journal de *Maine-et-Loire* sous les initiales E. B.

Le théâtre, d'après ce projet, serait reporté à la ligne d'intersection figurée au plan général, des rues *Flore* et des *Lices* prolongées et dans l'axe même de la nouvelle voie qui doit être ouverte prochainement et relier la place du Ralliement au boulevard.

La situation n'est pas mal choisie ; mais elle entraînerait la réalisation immédiate de projets qui ne pourront être adopté avant cinquante ans peut-être ou sans des sacrifices tellement importants qu'on ne peut y songer.

Ne serait-il donc pas possible de concilier tous ces projets, en empruntant aux uns et autres ce qu'ils ont de bon, d'ingénieux et de praticable ?

La ville désire utiliser un terrain qu'elle n'aurait pas à payer...

Ne pourrait-on, soit abaisser la ligne proposée par M. E. B., en établissant le théâtre non pas au milieu, comme quelques-uns l'ont dit, mais sur la ligne du côté Est du carré formé par la place du Ralliement, soit le mettre en bordure de la Chaussée-Saint-Pierre, mais dans l'un et l'autre projet faisant toujours face à la place et dans l'axe de la voie projetée ?

Le terrain ne coûterait rien et serait immédiatement disponible.

La place serait diminuée, sans doute, mais on regagnerait le terrain perdu par la suppression du pâté de maisons qui doit inévitablement et logiquement suivre le sort de l'expropriation, nécessitée par l'ouverture de la rue Milton et plus tard le prolongement des rues *Flore* et des *Lices*.

Tout le monde serait ainsi d'accord à peu près : les *décentralistes*, pour cause d'économie auxquels on offrirait, comme au Mail, un terrain qui ne coûte rien ; les *centralistes* qui verraient leur chère placé du Ralliement redressée dans son alignement capricieux et dotée du même coup d'un théâtre monumental et d'un chef d'œuvré de pierre rendu à la lumière et à l'admiration des étrangers.

Le double projet que nous proposons aurait pour premier avantage de couter moins cher que celui du Mail, car on ne serait pas exposé à rencontrer des obstacles de terrain qui exigeraient des travaux imprévus dans l'établissement des fondations.

Il en aurait un autre, ce serait de permettre d'utiliser plus facilement et plus lucrativement, au centre de l'activité commerciale, les dessous de la nouvelle construction.

Nous ne reviendrons pas sur ce que nous avons dit à cet égard.

Mais il est une considération déterminante qu'on n'a pas oubliée, ce serait la satisfaction donnée tout à la fois à de nombreux intérêts privés recommandables et, faut-il le dire, à l'opinion publique.

Qu'on ne nous objecte pas que le projet entraîne des sacrifices pour l'expropriation des maisons que nous condamnons à être supprimées pour élargir et régulariser la place.

Cette expropriation est inévitable nous l'avons démontré plus haut, et elle est une conséquence rigoureuse de prolongement de la rue Milton.

Et d'ailleurs, puisque les décentralistes faisaient si bon marché du terrain du Mail que ne conseillent-ils à l'Administration de l'aliéner à l'industrie privée?

De beaux hôtels aristocratiques, auxquels on imposerait dans le cahier des charges un plan uniforme, n'y feraient pas plus mauvaise figure qu'un théâtre borgne ou sans perspective.

Le prix d'aliénation couvrirait largement les charges de l'expropriation qu'entraînerait l'établissement du théâtre sur la place du Ralliement......

*
* *

Nous avons passé en revue et analysé les divers projets proposés.

Nous n'avons donné aucun chiffre, fourni aucun devis; c'est l'affaire des architectes. A chacun son droit, à chacun sa tâche.

Lorsqu'une question, se rattachant à de graves intérêts, est posée devant l'opinion publique, chacun a le droit, et pour la presse c'est un devoir d'avoir un avis.

Les idées qui se produisent de bonne foi ne doivent pas être accueillies par le juge en dernier ressort sous la foi et sur le nom seulement de celui qui les patronne.

On ne doit pas leur demander d'où elles viennent, mais ce qu'elles valent.

Nous n'avons pas la prétention d'avoir fait un travail complet.

Nous avons voulu fournir seulement des indications à la Commission chargée par le Conseil municipal de faire une visite des lieux et une enquête officieuse et préalable.

La question se représentera devant le Conseil municipal élucidée par la Commission et dégagée de tous les projets ou combinaisons parasites.

Elle sera discutée avec maturité et en pleine connaissance des voies et moyens et nous sommes convaincu que la décision qui sortira de la délibération souveraine saura concilier tous les intérêts dont les élus du 23 et 30 juillet sont les représentants.

Angers, le 16 décembre 1865.

Le Gérant de la Revue : J. LEMESLE.

P. S. — Au moment de la mise en page de cette brochure, il paraissait dans le journal de *Maine-et-Loire,* et sous la signature, cette fois, du rédacteur en chef, M. Eugène Joly, un nouvel article qui est venu confirmer la portée et l'importance de celui qui avait été publié sous la signature du gérant et que nous avions cru devoir signaler au début de notre travail.

Évidemment les décentralistes n'abandonnent pas la partie ; et s'ils ont l'air de s'incliner, en la forme, devant *les sympathies qui s'attachent à la place du Ralliement,* ce n'est que pour laisser passer le souffle de l'opinion publique qu'ils ne veulent pas heurter de front. L'article du 16 décembre révèle suffisamment qu'ils sont résolus, sitôt la première émotion passée, à revenir à la charge avec des chiffres plus ou moins officiels.

Et l'on nous affirmait hier encore, que c'était une question abandonnée!!

Voici ce qu'on lit dans le journal de *Maine-et-Loire,* signé de son rédacteur en chef :

« Mais encore une fois quelle est la véritable situation financière de la ville ? Ce point peut être éclairé par l'Administration municipale ; elle a pour mission de dire la vérité aux contribuables, de sauvegarder leurs intérêts et d'expliquer très nettement les raisons qui la déterminent à abandonner un projet populaire on ne saurait le dissimuler... »

Il ne faut donc pas que l'opinion publique s'endorme dans une fausse sécurité.

Ce n'était pas, nous l'avons dit, notre intention de faire des chiffres, mais puisque les décentralistes débusqués de la première position qu'ils avaient prise : l'avantage de la position topographique, ne battent en retraite devant les *sympathies populaires* que pour se retrancher dans la situation financière, armés de chiffres menaçants, interrogeons rapidement cette situation ; faisons des chiffres, et démontrons que la position que l'on se ménage derrière le budget municipal, n'en est pas moins désespérée.

Nous commençons par déclarer que nous acceptons les chiffres qui ont été présentés.

Les ressources actuellement et immédiatement disponibles, sont :

1° L'indemnité des assurances . . . . 280,000 fr.

2° La vente des terrains de l'ancien théâtre . . 35,000

3° L'économie pendant trois ans de la subvention théâtrale.

Or, la subvention figurait au budget pour une somme ronde de 30,000 fr., soit 90,000

Total . . .   405,000 fr.

Ainsi 315,000 francs disponibles et 90,000 fr. de facile et naturelle affectation ; voilà les ressources incontestables et incontestées.

En dehors de cette somme, les décentralistes n'entrevoient rien, absolument rien.

L'emprunt est épuisé jusqu'au vingtième siècle quasi !

Il ne faut donc pas compter sur cette ressource.

Les décentralistes en auraient bien une autre que nous avons indiquée, c'est celle de la vente du terrain qu'ils proposent d'affecter à l'emplacement du théâtre.

Si la ville, en effet, peut disposer de ce terrain comme emplacement pour construire la salle, elle peut l'aliéner à l'industrie privée.

L'utilité et la nécessité de cette petite place, qui ne sert qu'accidentellement aux maraîchers, ne sont pas incontestables.

Il y a là 2,800 mètres qui trouveraient acquéreurs à 80 francs le mètre, soit . . . . 224,000 fr.

Total général. . . . . . 629,000 fr.

Voilà des ressources certaines et d'une facile réalisation.

Est-ce tout ?

Non. Nous nous sommes laissé dire — nous n'affirmons rien, nous répétons — que notre budget, grâce à une sage et intelligente administration, peut-être bien aussi l'octroi, cet emprunt indirect aidant, présentait, à la balance des recettes et dépenses, un boni — le chiffre est si gros que nous ne le hasardons que sous toutes réserves — oui, un boni.... de TROIS CENT MILLE FRANCS !!!

Et l'on nous parle de situation financière embarrassée !

Ne serait-il donc pas facile d'affecter 100,000 fr. chaque année, pendant la durée présumable de la construction, pour compléter les ressources? soit, pendant 3 ans. . . . . 300,000 fr.

Ce serait, en définitive, presque un million — le million demandé par les décentralistes — que la ville, sans emprunt, sans charges nouvelles, pourrait affecter à l'exécution du projet que nous recommandons.

Nous avons indiqué trois années, parce que l'Administration peut prendre son temps et son heure.

En effet, Angers possède un autre théâtre, la salle Auber, ; et de deux choses l'une : ou l'Administration traitera avec M. Hetzel, ou M. Hetzel sera amené, par la force des choses, à compléter l'organisation de la salle qu'il exploite de manière à satisfaire aux justes exigences des habitués du théâtre.

Dans l'un ou l'autre cas, la ville d'Angers ne sera pas sans théâtre.

L'Administration pourrait donc, lorsque l'emplacement sera arrêté, commencer les travaux; elle a, ou aura, en caisse 515,000 fr.

On met bien des moellons sur des moellons avec une pareille somme, et cela donne le temps de réaliser les autres ressources que nous avons indiquées.

On le voit, nous avons sondé la situation, interrogé les chiffres ; et pour qu'on ne nous accusât pas de les rendre complaisants, nous avons accepté ceux qu'on avait mis en avant.

Un million comme dépense, c'est, on l'avouera, un gros chiffre !!

Nous n'avons pas, néanmoins, reculé devant son énormité, c'était le moyen d'en finir avec la question financière qu'on tient suspendue comme l'épée de Damoclès sur les projets qui, de l'aveu des décentralistes, réunissent *toutes les sympathies publiques*, dont la *Revue* a cru devoir se faire l'écho et l'interprète.

En Résumé :

Traiter avec M. Hetzel et approprier la Salle Auber aux nécessités d'un théâtre provisoire ;

Prendre son temps pour construire la nouvelle Salle au moyen des fonds disponibles et de ceux empruntés chaque année aux ressources *ordinaires* du budget...

Telle est, selon nous, la solution de la question financière — solution simple et facile que nous soumettons à ceux qui sont appelés à l'étudier.   J. LEMESLE.

Angers, Imprimerie J. LEMESLE et J. MÉHOUAS.